КНИЖКУ НАМАЛЮВАЛИ ХУДОЖНИКИ:

Кость ЛАВРО

«Уранці біля хати», «У лісі, в лісі темному», «Бабусин песик»,
«Захворіло ведмежатко», «Хто вона?», «Падав сніг на поріг»,
«Іде кіт через лід», «Ко-ко-ко», «Льоп-люп-ляп», «Ластівка»,
«Скільки буде два і два?», «Що з'їв цап?», «Отакий роззява»,
«Їде вояк морквяний», «Ходить гарбуз по городу», «Ішов Миколай»,
«Колискова для зайченяти», «Хатка, яку збудував собі Джек»

Катерина ШТАНКО

«Косички», «Через міст», «Бадяка-маняка», «Скоромовка»,
«Ялинка», «Капуста біля Хуста», «Неділя», «Засмутилось кошеня»,
«Греки й чебуреки», «Вовки», «Пригода», «Їду, їду на коні», «Ївга»,
«Люба», «Хвостик ніде діти», «Доня хоче спати», «В глибокій долині»

Вікторія КОВАЛЬЧУК

«Зайчик в тернині», «Іде півник на війну», «Тече вода із-за гаю»,
«Почапали каченята», «Котик», «Сім мішків горішків», «Веселі жабки»,
«Качечка», «Яринка», «Мур-р-р — мур», «Соловейко застудився»,
«Гойдалка», «Ой дві жабки», «Жабка»

Оксана ІГНАЩЕНКО

«Пелікан», «Про пана Тралялинського», «Іде, іде дід, дід»,
«Паротяг», «До Парижа», «Робін-Бобін», «Гімпелхен і Пімпелхен»

Олександер КОШЕЛЬ

«А я у гай ходила», «З лісу зайчики йшли», «Вірш-рак»

Обкладинка, Титул, Зміст, Пісенька: **Кость ЛАВРО**
Форзаци: **Вікторія КОВАЛЬЧУК**

Для малят від 2 до 102

УЛЮБЛЕНІ ВІРШІ (+ 7 пісеньок)
Видання дев'ятнадцяте
© «А-БА-БА-ГА-ЛА-МА-ГА», 2016
Ідея, упорядкування, макет © Іван Малкович, 1994–2013
Ілюстрації © Кость Лавро, Катерина Штанко, Вікторія
Ковальчук, Оксана Ігнащенко, Олександр Кошель, 1994–2009
Усі права на видання цієї книги належать «Видавництву Івана Малковича
«А-БА-БА-ГА-ЛА-МА-ГА». Свідоцтво: серія ДК, № 759 від 2.01.2002
Адреса видавництва: 01004, Київ, вул. Басейна, 1/2
Поліграфія: «Новий друк» — «Юнісофт»
ISBN 978-966-7047-76-4

www.ababahalamaha.com.ua

Улюблені вірші

Упорядник Іван МАЛКОВИЧ

Популярні вірші українських та іноземних поетів

А-БА-БА-ГА-ЛА-МА-ГА
Дитяче видавництво

ЛЕОНІД КУЛІШ-ЗІНЬКІВ
УРАНЦІ БІЛЯ ХАТИ

Уранці біля хати
малесенькі сліди:
зайчаточко вухате
приходило сюди.

Стояло біля хати,
ступило на поріг,
хотіло нам сказати,
що випав перший сніг.

ІВАН НЕХОДА
ПІСНЯ ПРО ЯЛИНКУ

У лісі, в лісі темному,
де ходить хитрий лис,
росла собі ялиночка
і зайчик з нею ріс.

Ой снігу, снігу білого
насипала зима!
Прибіг сховатись заїнько —
ялиночки — нема...

Ішов тим лісом Дід Мороз,
червоний в нього ніс.
Він зайчика-стрибайчика
у торбі нам приніс.

Старий, веселий Дід Мороз,
із снігу борода...
Сміється сірий заїнько,
з торбини вигляда.

Маленький сірий заїньку,
іди, іди до нас!
Дивись, твоя ялиночка
горить на весь палац!

МАРІЙКА ПІДГІРЯНКА
ЗАЙЧИК В ТЕРНИНІ

Скочив зайчик
в тернину
і роздер кожушину.
Йде лисичку просити
кожушину зашити.

А лисичка регоче,
зашивати не хоче.
— Де ти був? Нащо дер?
Ходи в дранім тепер!

Біжить зайчик до мами,
зайшли очка сльозами:
— Мамо, люба, не бийте!..
Кожушину зашийте!

Мама сина не била,
кожушину зашила.
Зайчик очка обтер —
і знов скаче тепер.

НАТАЛЯ ЗАБІЛА
БАБУСИН ПЕСИК

Переспів з англійської за редакцією І.Малковича

Жила собі бабуся,
і песик з нею жив.
Вона любила песика,
і він її любив.

Бабуся якось ввечері
спекла смачний пиріг,
лишила в хаті песика
і вийшла за поріг…

Вертається: ой лишенько!
Подівся десь пиріг!
І бідний-бідний песик
голодний спати ліг…

Пішла бабуся кашку
варити з молоком.
Вертається, а песик
воює з гусаком!

Пішла бабуся рибки
купити в рибака.
Вертається, а песик
танцює гопака!

Пішла бабуся в зелен-сад
нарвати там грушок.
Вертається, а песик
одягся в кожушок!

Пішла вона до шевчика
купити чобітки.
Вертається, а песик
подер усі книжки!

Пішла вона в крамничку
по книжечки нові.
Вертається, а песик
стоїть на голові!

Ніхто ніколи песика
не лаяв, не шмагав.
Бабуся каже: «Чемний будь!»
А песик каже: «Гав!»

9

ІДЕ ПІВНИК НА ВІЙНУ

З народного

Іде півник на війну,
куряву здіймає.
— Ой куди, куд-куди? —
курочка питає.

10

— Іду, курочко — прощай! —
на війну велику!
«Ой куди-куд-куди?» —
воювать з індиком!

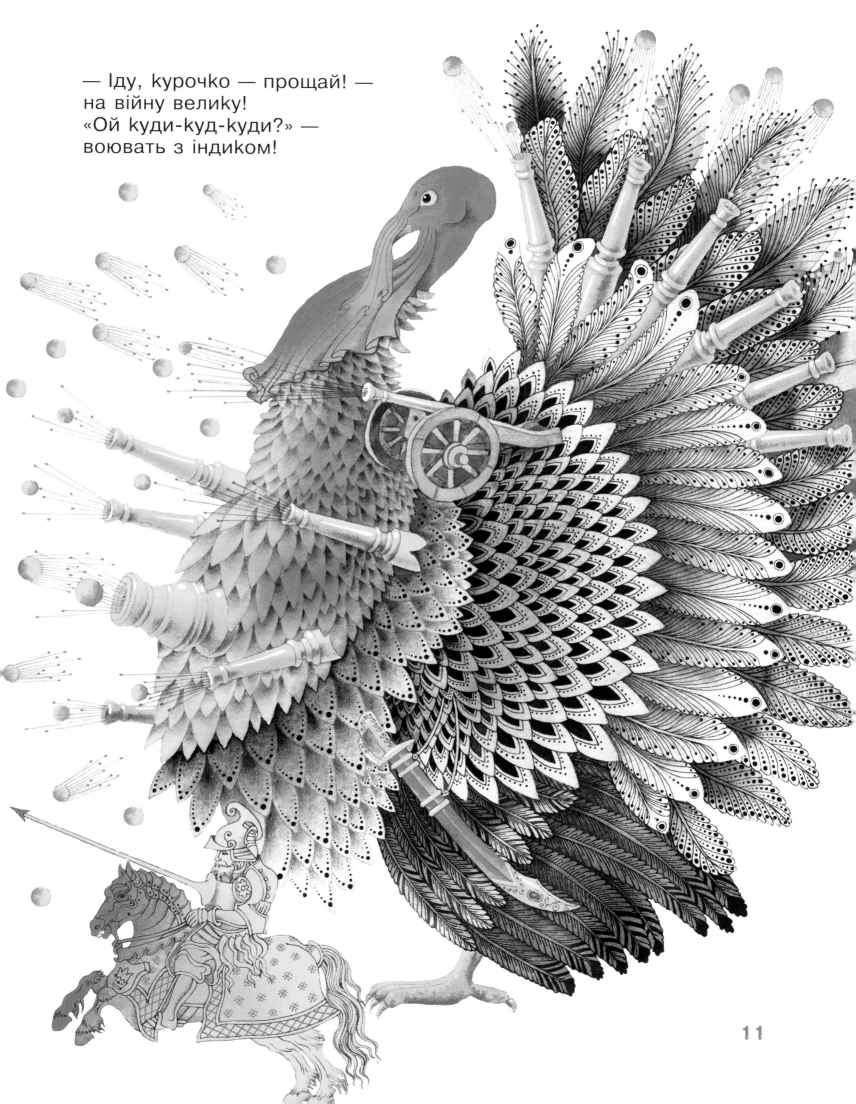

ОЛЕГ ГОЛОВКО
ЗАХВОРІЛО ВЕДМЕЖАТКО

У ведмежій хатці горе:
ведмежатко зовсім хворе.
Верещить на цілий світ:
— Ой, болить мені живіт!

Запросили в хатку цапа —
лісового ескулапа.
Він підсів до ведмежати,
«ме-е-е!» примусив прокричати,
в рот і в ніс позаглядав,
враз хворобу відгадав.
— Тут причина отака:
мало вітаміну «ка».
Хай ведмедик, — мовив гість, —
тричі в день капусту їсть!..

Запросили кабана —
лісового чаклуна.
Він підсів до ведмежати,
«хр-ю-ю!» примусив прокричати,
в рот і в ніс позаглядав,
враз хворобу відгадав.
— Тут страшна хвороба вже:
мало вітаміну «же».
Хай ведмедик, — мовив гість, —
тиждень жолуді поїсть!

А сова, що чуйно спала,
засміялась і сказала:
— Не хвилюйтесь, все в порядку,
він нічим не захворів, —
просто вранці біля хатки
аж відерце меду з'їв!

ЛЕОНІД ГЛІБОВ
ХТО ВОНА?*
*Акровірш**

Сидить хитра баба аж на версі граба.
— Ой, не злізу з граба! — каже діткам баба. —
Вдень люблю я спати,
А вночі — літати.

*Акровірш — така собі віршована загадка, відгадка до якої
схована у початкових літерах рядків, коли читати згори донизу.

АНАТОЛІЙ КОСТЕЦЬКИЙ
КОСИЧКИ

«Косички у дівчаток,
щоб смикати за них», —
так думав я спочатку.
А виявилось — ні.

Вони ростуть для того,
щоб заплітатись довго,
щоб хтось про них казав:
— Ах-ах! Яка краса!..

А ось мені косичок
не треба. Я — хлопчак.
А що я теж красивий,
то це помітно й так!

ГРИЦЬКО БОЙКО
Пісенька «ЧЕРЕЗ МІСТ»

Через міст перейти
треба нам, малята,
щоб гриби, щоб гриби
в лісі відшукати.

На місточку вовчик спочиває,
він до лісу діток не пускає.

Він гарчить, він гарчить,
клацає зубами:
— Не пущу, не пущу
діток за грибами!

Вийшов козлик з зеленого гаю,
він сердито вовчику гукає:

— Заколю, заколю
я тебе рогами!
Затопчу, затопчу
я тебе ногами!

Вдарив козлик вовчика рогами,
покотився вовк у воду прямо!

Ми йдемо, ми йдемо
мостом через річку,
несемо, несемо
козлику травичку.

— Дякуємо, козлику рогатий,
що поміг нам вовчика прогнати!

НЕОНІЛА СТЕФУРАК
БАДЯКА-МАНЯКА

Бадяка-Маняка —
небачений звір.
Живе він у темному лісі
між гір.

Для власної втіхи
він лущить горіхи
і носить
      звірятам
         до нір.

БОГДАН СТЕЛЬМАХ
СКОРОМОВКА

Бабрались в брудній баюрі
два бобри брунатно-бурі.
— Правда, брате бобре, добре?
— Ду-у-уже добре, брате бобре!

17

РОБЕР ДЕСНОС
ПЕЛІКАН

З французької переклав Дмитро Павличко

Капітан Джонатан
десь на землях мусульман
птиць ловив, — і пелікан
трапив у його капкан.

Зніс яйце той пелікан:
не яйце, а цілий дзбан.
З нього — бачить капітан —
лізе другий пелікан.

І той другий пелікан
зніс яйце, як цілий дзбан.
З нього — бачить капітан —
лізе третій пелікан!..

Це б тягнулось без кінця
через всі роки прийдешні,
якби з третього яйця
не зробили ми яєшні, —

цок!

ОЛЕКСАНДР ОЛЕСЬ
ЯЛИНКА

Раз я взувся в чобітки,
одягнувся в кожушинку,
сам запрягся в саночки
та й поїхав по ялинку.

Ледве я зрубати встиг,
ледве став ялинку брати,
а на мене зайчик — плиг!
Став ялинку відбирати.

Я — сюди, а він — туди...
«Не віддам, — кричить, — нізащо!
Ти ялинку посади,
а тоді рубай, ледащо!..

Не пущу, і не проси!
І цяцьками можна гратись.
Порубаєте ліси —
ніде буде і сховатись!..

А у лісі скрізь вовки,
і ведмеді, і лисиці,
і ворони, і граки,
і розбійниці-синиці...»

Страшно стало... «Ой, пусти!
Не держи мене за поли!
Бідний зайчику, прости, —
я не буду більш ніколи!..»

Низько-низько я зігнувсь,
а ще нижче скинув шапку...
Зайчик весело всміхнувсь
і подав сіреньку лапку.

21

ПЛАТОН ВОРОНЬКО
ПАДАВ СНІГ НА ПОРІГ

Падав сніг на поріг.
Кіт зліпив собі пиріг.
Поки смажив, поки пік,
а пиріг — водою стік.
Кіт не знав, що на пиріг
треба тісто, а не сніг.

ІДЕ КІТ ЧЕРЕЗ ЛІД

Іде кіт через лід
чорнолапо на обід.
Коли чує він: зима
його біла підзива.
— Ти чого йдеш через лід
і лишаєш чорний слід?
— Бо я чорний, — каже кіт, —
я лишаю чорний слід.
Коли ж біла ти сама,
то білій тут дотемна!
І пішов кіт через лід
чорнолапо на обід.
Стала зимонька сумна:
за котом ішла весна.

ТАРАС ШЕВЧЕНКО
ТЕЧЕ ВОДА ІЗ-ЗА ГАЮ

Тече вода із-за гаю
та попід горою,
хлюпочуться качаточка
поміж осокою.

А качечка випливає
з качуром за ними,
ловить ряску,
                розмовляє
з дітками своїми.

МИКОЛА ВІНГРАНОВСЬКИЙ
ПОЧАПАЛИ КАЧЕНЯТА

Почапали каченята
та по чаполоті,
каченята-чапенята:
сухо нам у роті.
В білих льолях сплять лілеї,
чапленя — на чатах.
Ці лілеї — дрімолеї,
а ми — каченята!
Свого дядька ми приспали,
і тата, і маму,
діда-качура поклали
спати в красноталу.
А самі, хоч далеченько,
чап! по чаполоті
до води, до водиченьки —
сухо ж нам у роті!

За ЮРІЄМ ЧЕРНИХ

КО-КО-КО

З російської переспівав Іван Малкович

Каже курка: ko-ko-ko,
у гаю пасуться ко…
— Коні?
— Ні, не коні.

Каже курка: ko-ko-ko,
у гаю пасуться ко…
— Кози?
— Ні, не кози.

Каже курка: ko-ko-ko,
у гаю пасуться ко…
— Корови?
— Так, корови рябенькі!

Пийте, дітки, молочко —
будьте здоровенькі!

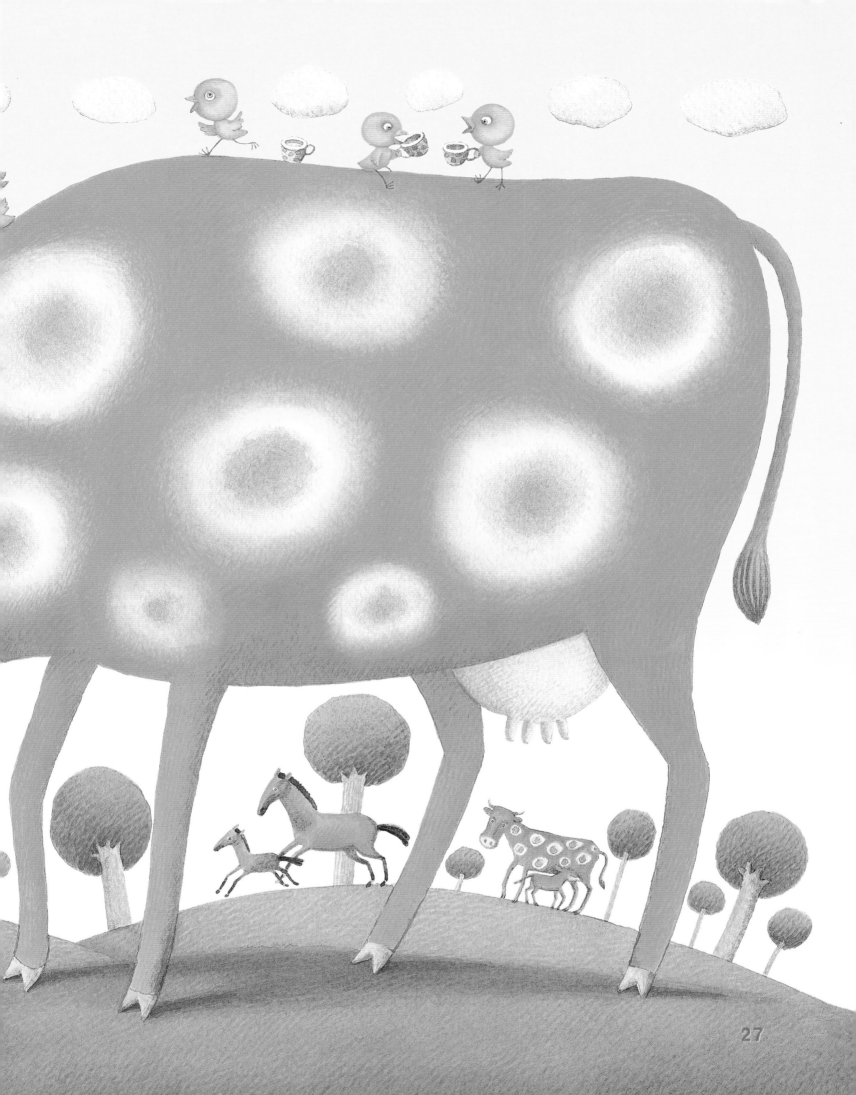

27

ПАВЛО ТИЧИНА

А Я У ГАЙ ХОДИЛА

А я у гай ходила
по квітку ось яку!
А там дерева — люлі.
І все отак зозулі:
ку-
ку!

Я зайчика зустріла,
дрімав він на горбку.
Була б його спіймала —
зозуля ізлякала:
ку-
ку!

ЛЕОНІД ПОЛТАВА
з лісу зайчики ішли

З лісу зайчики ішли —
кавуна вони знайшли.

Їли, їли кавуна,
доки виїли до дна.

Хить його туди й сюди —
покотили до води.

Заї-зайчики смішні
попливли на кавуні.

Попливли на кавуні,
наче й справді на човні!

МИКОЛА ВІНГРАНОВСЬКИЙ
ЛЬОП-ЛЮП-ЛЯП

Теплий дощик-срібнопад
вимив наш сьогодні сад.
Попід садом до калюжі
йде гусак серйозний дуже.

Льоп-люп-ляп
в гусака з-під лап —
при такому ляпі-льопі
лапи не болять!

МИКОЛА ВІНГРАНОВСЬКИЙ
ЛАСТІВКА

Ластівко біля вікна,
ластівко нашої хати,
що тобі, ластонько, дати:
меду, борщу чи пшона?

Ластонько, літа кінець,
діток твоїх би до хати,
я научу їх писати:
небо, Дніпро, горобець...

Так воно в світі і є,
так воно є, щоб літати...
Горечко рідне моє,
ластівко нашої хати.

31

ЮЛІАН ТУВІМ

ПРО ПАНА ТРАЛЯЛИНСЬКОГО

З польської переклав Іван Малкович

В Співови́ці, славнім місті,
на бульварі Веселинськім,
там живе співак відомий
пан Тралі́слав Тралялинський.

З паном жінка — Тралялінка,
та ще донька — Траляльонька,
і синочок — Траляльочок,
та ще песик — Тралялесик.
Ну, а котик?.. Є і котик…
Зветься котик — Траляльотик.
Окрім того, є папужка —
дуже гарна Тралялюжка!

Тож бо зранку, по сніданку,
це поважне товариство
завжди в зборі, щоб співати
з паном пісню урочисто.

Лиш підійме пан Тралі́слав
свої руки-тралялюки —
всі вмовкають... А за хвильку
хор виводить диво-звуки:
— Траля, траля, траля, ля-ля,
траля, ля-ля, траля, траля!.. —
Так-то пана диригента
хор його славетний хвалить.

Вихваляє, траляльолить,
а Траліслав — верховодить,
аж розпалюється в співі:
— Траля, траля, траляліві!

Вже й із кухні траляляють,
про господаря співають,
а водій, що пана возить,
з гаража вже траляльозить!

Вже співають на базарі
й перехожі на бульварі:

підмітайло — Тралялляйло,
листоноша — Траляльоша,
пан учитель — Тралялитель,
пан редактор — Тралялктор,
пан художник — Траляльожник,
пан професор — Тралялесор,
перукарка — Тралялярка,
і бабуся — Тралялюся,
й поліцейський — Тралялейський.

Ще й маленька мишка,
сіра Тралялишка,

хоч боїться котика —
того Траляльотика,
сіла у куточок,
в темний траляльочок,
і теж пищить тихесенько:
— Траля, траля,
тралесенько...

МАРІЙКА ПІДГІРЯНКА

КОТИК

Скочив котик,
сів на плотик.
Миє ротик
і животик.

Він біленький
і чистенький, —
гарний Мурчик
мій маленький.

СІМ МІШКІВ ГОРІШКІВ

З народного

— Зайчику, зайчику,
де ти бував?
— У млині ночував.
— Що там вида́в?
— Сім мішків горішків.
— Чом ти не взяв?
— Там були кравчики,
били мені пальчики —
ледве я втік
через бабин тік,
та через колоду,
та хвостиком у воду —
ШУБОВСТЬ!!!

ЛІДІЯ ПОВХ
КАПУСТА БІЛЯ ХУСТА

Біля Тиси, біля Хуста
О-ОТАКА росте капуста!

Йдуть зайці із Будапешта:
— Де ж та? де ж та?
де ж та? де ж та
біля Тиси біля Хуста
О-ОТАКА росте капуста?!

Як тут сторожеві спати? —
Він вночі виходить з хати
і зайчиськам: — У-лю-лю!!!
Я капусту й сам люблю!..

ОЛЕКСАНДР ПАРХОМЕНКО
СКІЛЬКИ БУДЕ ДВА І ДВА?

Бородатий цап півдня
вчив лічити цапеня:
— Ну-бо, мудра голова,
скільки буде два і два?..
Взяв морквинки дві і дві,
розкладає на траві…
Цапеня немов німе,
цапеня ні бе, ні ме…
Відійшов на хвильку цап, —
що тут довго думати?..
Цапеня морквинки — хап! —
і скоріше хрумати.
Цап вернувся: — Ой, біда!
Що ж це ти, Кіндратику?!
І не соромно хіба? —
схрумав математику!

ЛІДІЯ ПОВХ
ЩО З'ЇВ ЦАП? Загадка

Цап ішов у день осінній
через поле навпрошки.
Коли глип — на бадилині
примостились… їжаки!

Ме-ке-ке, ме-ке-ке!
Ой!.. а що воно таке?
Ням!.. воно мені смакує,
хоч колюче — не м'яке…

— Ми-ки-ки, ми-ки-ки…
М-мабуть, це не їжаки…

Ой, хто цапові підкаже —
що ж він з'їв усе-таки?

Ре-п'я-х-и!!!

НАТАЛЯ ЗАБІЛА, ІВАН МАЛКОВИЧ
ВЕСЕЛІ ЖАБКИ

Очеретяна хатина
біля річечки була.
І жила у ній родина —
не велика й не мала:
жабка-дід і жабка-бабка,
мама-жабка, тато-жабка
і маленьке маленя —
жабенятко-жабеня.

Мама-жабка ловить мушки,
тато шиє капелюшки,
курить люльку жабка-дід,
бабка варить всім обід,
а веселе жабеня
їм виспівує щодня:

«Кумки-кумки,
кваки-квак,
скре-ке, ке-ке,
куд-кудак!
Ой — не так!
Не куд-кудак,
а бреке-ке-ке-ке,
квак!»

Гарна пісня в жабеняти.
Любить пісню цю співати
всенька жаб'яча сім'я:
жабка-дід і жабка-бабка,
мама-жабка, тато-жабка
і маленьке маленя —
жабенятко-жабеня.

Нумо пісню цю співати,
нумо жабкам помагати:
«Кумки-кумки, кваки-квак,
скреке, ке-ке, куд-кудак!
Ой — не так! —
не куд-кудак,
а бреке-ке-ке-ке, квак!»

Але й гарно, любі дітки,
ви співаєте усі,
плещуть вам в зелені лапки
жабки всі на лопусі:
жабка-дід і жабка-бабка,
мама-жабка, тато-жабка
і маленьке маленя —
жабенятко-жабеня!

KABA

За САМУЇЛОМ МАРШАКОМ
ОТАКИЙ РОЗЗЯВА
Переспівав з російської ІВАН МАЛКОВИЧ

Жив собі роззява —
ліві двері — справа.

Зранку він хутенько встав —
піджака вдягати став:
шусть руками в рукави —
з'ясувалось, то штани.

Отакий роззява —
ліві двері — справа!

Вбрав сорочку він. Однак
всі кричать йому: не так!
Одягнув пальто. Проте
знов кричать йому: не те!

Отакий роззява —
ліві двері — справа!

Поспішаючи в дорогу,
рукавичку взув на ногу.
Ну, а замість капелюха
натягнув відро на вуха!

Отакий роззява —
ліві двері — справа!

Трамваєм тридцять третім
він їхав на вокзал
і, двері відчинивши,
до водія сказав:

«Шановний трам-тарам-пам-пам!
Я щось хотів сказати вам...
Я сів не в той... Мені... а-яй!
Трамзал негайно на воквай!..»

Водій перелякався
і на вокзал подався.

Отакий роззява —
ліві двері — справа!

Ось біжить він до кав'ярні,
щоб квитки купити гарні.
Далі — гляньте на роззяву —
Мчить купляти в касі...

                              каву!!!

Отакий роззява —
ліві двері — справа!

Вибіг він аж на перон.
Там — відчеплений вагон.

Пан роззява в нього вліз,
сім валіз туди заніс,
примостився під вікном,
та й заснув солодким сном.

Зранку — гульк!..
                    «Егей! — гукає. —
Що за станція?» — питає.
Чемний голос відповів:
— То є славне місто Львів!

Ще поспав. Аж сходить сонце.
Знов поглянув у віконце.
Бачить — знов стоїть вокзал,
здивувався і сказав:

— Що за місто?.. Це Болехів,
Коломия чи Радехів?
Чемний голос відповів:
— То є славне місто Львів!

Ще собі поспав з годинку,
знов поглянув на зупинку.
Бачить — знов якийсь вокзал,
здивувався і сказав:

— Що за станція цікава —
Київ, Зміїв чи Полтава?
Чемний голос відповів:
— То є славне місто Львів!

Тут він крикнув:
— Що за жарти?!
Жартувати так не варто!
Вчора я у Львові сів,
а приїхав знов у Львів?!.

Отакий роззява —
ліві двері — справа!

РЕНЕ де ОБАЛДІА
НЕДІЛЯ

З французької переклав
Олександр Мокровольський

Шарлотта
витягує Шарля з болота.

Бертран
розходивсь, як буран.

Кунегонда
робить все, що завгодно.

Епанімондас
купатись подавсь.

50

Адхемар
носа задер аж до хмар.

А годинник на стіні
то — так-так, то — ні-ні…

А мені лобити со?
Со мені лобити, со?

Я в галмиделі сидзу,
солоденьке сось смокцу.

51

ГРИЦЬКО БОЙКО
Пісенька «КАЧЕЧКА-ПРАЧЕЧКА»
(Це треба співати, а не розповідати)

— Качечко, качечко,
чепурненька прачечко,
можеш ти вповісти,
як білизну прала ти? | *(2 рази)*

— Так-таки прала я,
прала, полоскала я!
Так-так-так прала я —
вся білизна аж сія! | *(2 рази)*

— Качечко, качечко,
чепурненька прачечко,
можеш ти вповісти,
а для кого прала ти? | *(2 рази)*

— Прала я, прала я,
прала, полоскала я:
все для них, все для них —
для качаток дорогих! | *(2 рази)*

Ка-чеч-ко, ка-чеч-ко, кли-шо-но-га пра-чеч-ко,

мо-жеш ти впо-віс-ти, як бі-лиз-ну пра-ла ти?

52

ЛАРИСА ШЕВЧУК

ЯРИНКА

На небі ні хмаринки,
лиш сонечко блищить.
А де ж мала Яринка?
До річечки біжить.

Білява, невеличка,
неначе каченя.
І любить теж водичку —
хлюпочеться щодня.

С. БОНДАРЕНКО

МУР-Р-Р — МУР

Каже котик:
мур-р, мур-р!
Побудую
мур, мур,
щоб не вкрали
у Мурка
навіть краплі
молока!

ІДЕ, ІДЕ ДІД, ДІД

З народного

Іде, іде
дід, дід,
несе, несе
міх, міх!

Отакий дідище,
отакий страшище!

Отакий ногатий,
отакий рукатий,
отакий носатий,
такий бородатий!

о-о-ОТАКИЙ
ДІ**ди**ЩЕ!
о-о-ОТАКИЙ
СТРА**ши**ЩЕ!!!

А я — не боюсь!

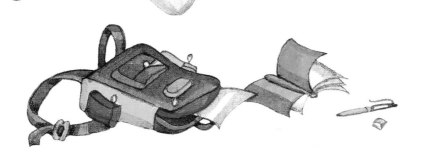

ОЛЕНА ПЧІЛКА, ІВАН МАЛКОВИЧ
ЇДЕ ВОЯК МОРКВЯНИЙ
За народною пісенькою

Їде вояк морквяни́й,
коник буряковий,
кожушина — горіхова,
жупан лопуховий.

Пістолети з качана,
кулі з бараболі,
а шабелька — з пастернаку,
стремена — з квасолі.

Їде, їде вояченько,
під ним коник скаче.
Надибали його свині:
— Злізай-но, вояче!

Він вихопив пістолета,
став свиней стріляти!..
Свині кулі похапали —
нічим воювати!

Він вихопив шабелину,
став свиней рубати!..
Свині шабельку погризли —
нічим воювати!

Зачинає вояк наш
з коника злізати,
зачинає кулаками
свиней воювати.

Так їх дуцяв, так їх бухав
тими кулаками —
котилося свинське військо
догори ногами!

Отакий-то вояченько:
жупан лопуховий,
кожушина горіхова,
коник — буряковий!

ЮЛІАН ТУВІМ
ПАРОТЯГ

З польської переклав Іван Малкович

Старий паротяг на пероні пітніє,
аж ллється із нього маснюща олія,
посопує, мліє.

Тяжкий і великий, він дише і дмуха,
жар з розпашілого черева буха:
Бух-ух-ух! Пуф-уф-уф! Чух-пах-пах, ПУХ!
Пурхає пара, як хмара, як пух!..

Попричіпляли вагони до нього
зі сталі дзвінкої й заліза важкого.
Сидять пасажири в кожнім вагоні:
в першім — корови, в другому — коні.

В третім — смішні крутовусі грубаси,
сидять і їдять собі жирні ковбаси!
В четвертому — слон і чотири жирафи,
в п'ятому — різні шухляди і шафи.

В шостім — гармата — о, яка грізна! —
сердита, надута, носата, залізна!
В сьомому — повно-повнісько бананів,
в восьмому — вісім нових фортеп'янів.
В дев'ятім — цукерки, морозиво, дині,
в десятому — клунки, валізи, скрині.
А тих вагонів — СОРОК, не менше! —
сам вже не знаю, що в них там є ще!..

63

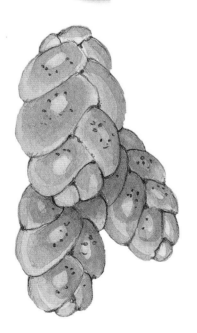

Та хоч би прийшло ВІСІМСОТ силачів,
і кожен би з'їв ВІСІМСОТ калачів,
і кожен узявся б тягнути гарненько —
навіть не зрушиться той поїзденько!..

Раптом — СВИСТ!
І знову — СВИСТ!
Пара — БУХ!
Колеса — в РУХ!

Спершу, немов череПАха бляШАна,
РУшила
            маШИна
                        ЗАспано
                                    по ШПАлах,
ШАрпнула ваГОни — і тягне наТУжно —
кр-р-рутяться, кр-р-рутяться колеса дружно!
Чахкають, бахкають щораз гучніше
і мчаться вони все прудкіше й прудкіше!..

Куди ж вони їдуть? Куди ж то? А прямо —
ПО рейках, ПО рейках, ПО рейках, поЛЯми,
по ГОрах — ліСАми — через мости —
кваплять, бо треба, щоб ПОїзд устиг!

А ПОїзд, а ПОїзд поТУркує сТУкотом —
ТАК-то-то, ТАК-то-то, ТАК-то-то, ТУК-то-то...
Гладко так, легко він котиться вдаль,
буцім то м'ячик легкий, а не сталь!
Не ЧОРна машина, що дихає важко,
а ЗАбавка, ПУРхавка, просто комашка...

Та що то за поїзд — куди і чого?
І ЩО-то-там, ЩО-то-там штурха його, —
аж весь трясеться, аж буха — бух-бух!..

То ПАРА гаряча зчинила той рух!..
Й веселі колеса поТУРкують СТУкотом —
ТАК-то-то, ТАК-то-то, ТАК-то-то, ТУК-то-то...

ВОЛОДИМИР ЛУЧУК
ВІРШ-РАК*

НА РИНОК ДІД КОНИРАН
СІНО НІС.
КУРКА — БІБ, А КРУК —
СИР І РИС.
КІТ УТІК.

*У віршах-раках кожен рядок читається
однаково — зліва направо й справа
наліво.

67

МАКС ЖАКОБ

ДО ПАРИЖА

З французької переклав Олег Жупанський

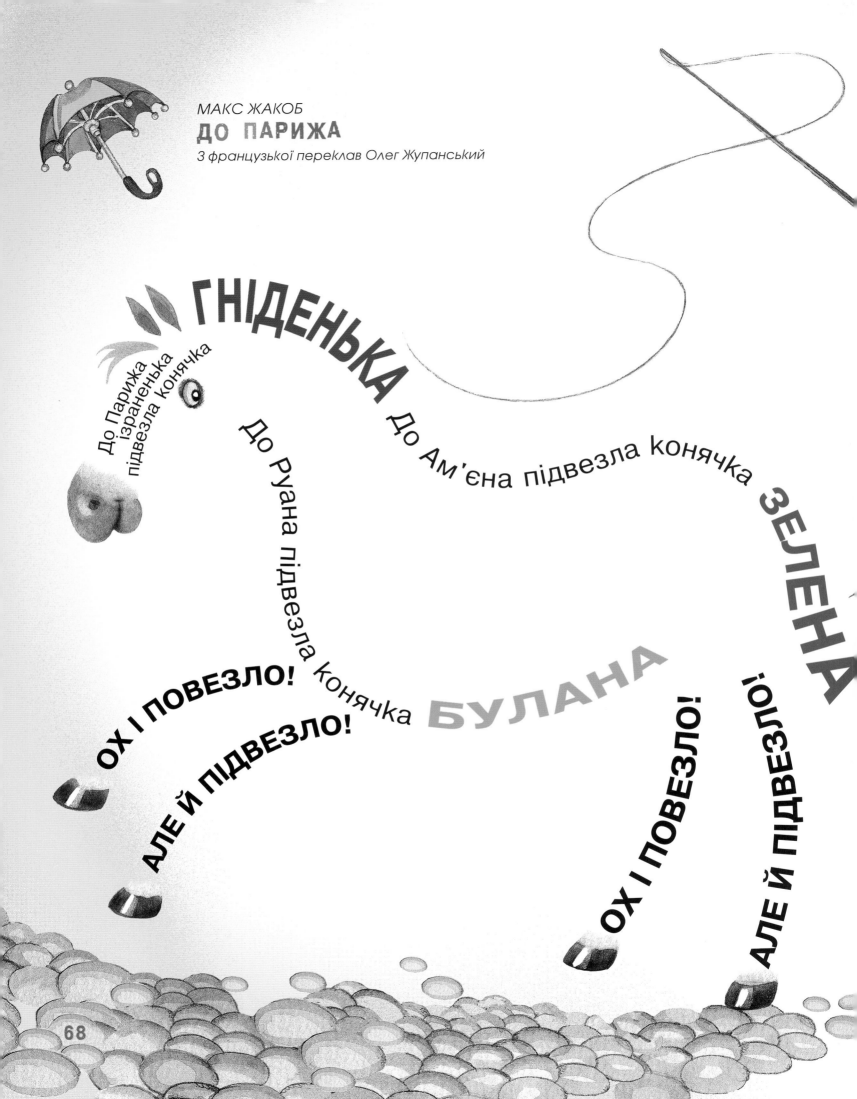

ГНІДЕНЬКА

До Ам'єна підвезла конячка

ЗЕЛЕНА

До Парижа ізраненька підвезла конячка

До Руана підвезла конячка

БУЛАНА

ОХ І ПОВЕЗЛО!

АЛЕ Й ПІДВЕЗЛО!

ОХ І ПОВЕЗЛО!

АЛЕ Й ПІДВЕЗЛО!

ПЛАТОН ВОРОНЬКО
ЗАСМУТИЛОСЬ КОШЕНЯ

Засмутилось кошеня:
треба в школу йти щодня.

І прикинулося вмить,
що у нього хвіст болить.

Довго думав баранець,
і промовив як мудрець:

70

— Тут причина непроста —
треба різати хвоста!

Кошеня кричить: — Ніколи!
Краще я піду до школи...

СТАНІСЛАВ ШАПОВАЛІВ
ГРЕКИ Й ЧЕБУРЕКИ

В чебуречній
греки
їли чебуреки.

Два великі греки —
по три чебуреки.

Три маленькі греки —
по два чебуреки.

Скільки було греків,
скільки — чебуреків?

СТЕПАН РУДАНСЬКИЙ
ВОВКИ

— Чого, брате, так збілів?
Що з тобою сталось?

— Та за мною через став
Аж сто вовків гналось!

— Бог з тобою!.. Сто вовків?..
Та б село почуло...

— Та воно, пак, і не сто,
А п'ятдесят було.

— Та й п'ятдесят диво в нас...
Де б їх стільки взялось?

— Ну, Іванцю, нехай так,
Але десять гналось.

— Та і десять не було!
Знать, один усього?..

— А якби то один вовк —
Страшно і одного!..

— А може, то і не вовк?

— А що ж то ходило? —
Таке сиве та мале,
А хвостик, як шило!

РОБІН-БОБІН

*За англійською пісенькою
переспівав Іван Малкович*

Робін-Бобін-Ненажера
схрумав міліціонера!
З'їв коня і сім телят,
і дванадцять поросят!
Згамав кузню, коваля,
ще й самого короля!
Лондон з'їв і Ліверпуль,
випив річку — буль-буль-буль,
змолотив сімсот кролів,
з'їв тринадцять кораблів!..

Закривай швиденько книжку,
щоб тебе, бува, не з'їв!

ВОЛОДИМИР АЛЕКСАНДРІВ
ХОДИТЬ ГАРБУЗ ПО ГОРОДУ

Ходить гарбу́з по горо́ду,
питається свого роду:
— Ой чи живі́, чи здорові
всі родичі гарбузові?

Обізвалась жовта диня,
гарбузова господиня:
— Іще живі, ще здорові
всі родичі гарбузові!

Обізвались огірочки,
гарбузові сини й дочки:
— Іще живі, ще здорові
всі родичі гарбузові!

Обізвалася морквиця,
гарбузовая сестриця:
— Іще живі, ще здорові
всі родичі гарбузові!

Обізвались буряки,
гарбузові свояки:
— Іще живі, ще здорові
всі родичі гарбузові!

Обізвалась бараболя,
а за нею і квасоля:
— Іще живі, ще здорові
всі родичі гарбузові!

Обізвався старий біб:
— Я піддержав увесь рід!..
Іще живі, ще здорові
всі родичі гарбузові!

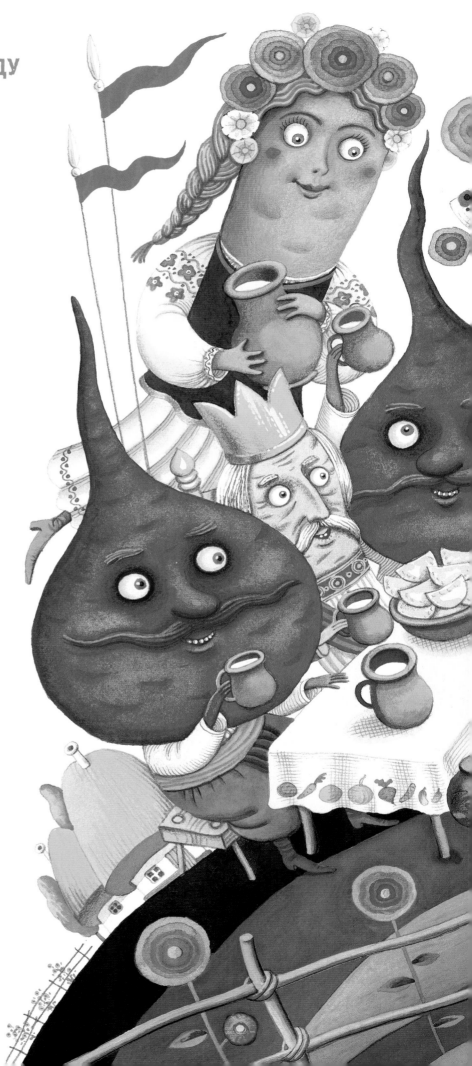

Іван ІВАНЕНКО
Пісенька «ОЙ ДВІ ЖАБКИ»
(Це треба співати, а не розповідати)

Ой дві жабки вечерком
на лужку сиділи.
Ой дві жабки вечерком
на зірки гляділи.

Тут комарик прилетів,
прилетів під липки,
сів собі на лопушок
та й давай до скрипки:

Тілі-лілі, тілі-лі. Тілі-лілі, ті-лі.
Тілі-лілі, тілі-лі. Тілі-лілі, лі-лі.

Наш комарик-молодець
грав безперестанку,
а дві жабки на лужку
квакали до ранку.

Тілі-лілі — кваки-квак.
Тілі-лілі — квак, квак.
Тілі-лілі — кваки-квак.
Потанцюєм так, так!

Ой дві жаб- ки ве- чер- ком
на - луж- ку си- ді- ли
Ой дві жаб- ки ве- чер- ком
на зір- ки гля- ді- ли.

78

ЛІДІЯ ПОВХ
ЖАБКА

Журилась під осінь
малесенька жабка:
уже потемніла
у соняха шапка
і жовтими стали
листочки у клена,
а я іще й досі
зелена-зелена…

ВОЛОДИМИР КОЛОМІЄЦЬ
ПРИГОДА

Ні мами, ані татка
у черепашенятка.
— Ой де ж це мама? —
пита в гіпопотама.

— ХА!..

Чалапа чере-па-ха...
Лапою — ХАП!
своє череШАпе...
Ой! —
своє череПАше-
нятко!

— А татко?

— В очереті
край болота
пускає бульки
в бегемота —

БУ-У-Уулллль...

СТАНІСЛАВ ШАПОВАЛІВ
ЇДУ, ЇДУ НА КОНІ

Їду, їду на коні,
а мурашка — на мені.

Геть мені не важко
так везти мурашку,

бо я їду на коні,
а мурашка — на мені.

81

ЛІДІЯ ПОВХ
ПІСЕНЬКА ПРО ГРУШІ

Росла на груші грушка,
як всі грушки — проста.
Та хто б, скажіть, подумав? —
упала на кота!

Кіт — ну нявчать на грушу!
Прийшов у сад дідусь...
Та хто б, скажіть, подумав? —
і діда грушка — лусь!

Тоді приходить бабця
їх, бідних, лікувать.
Та хто б, скажіть, подумав? —
і бабцю грушка — гать!

Аж тут прибігли діти
під грушку — й залюбки —
ну, хто б, скажіть, подумав? —
поїли всі грушки!

ВОЛОДИМИР ЛУЧУК
ЇВГА

Їла диню
нині
Їв га.
А ти нині
диню
їв, га?

ГРИЦЬКО БОЙКО
ЛЮБА

У сестрички Люби
випадають зуби.
І говорить Люба:
«Я тепер бежжуба!»

Ліна КОСТЕНКО

СОЛОВЕЙКО ЗАСТУДИВСЯ

Дощик, дощик, ти вже злива!
Плаче груша, плаче слива.

Ти періщить заходився,
соловейко застудився.

А тепер лежить під пледом —
п'є гарячий чай із медом.

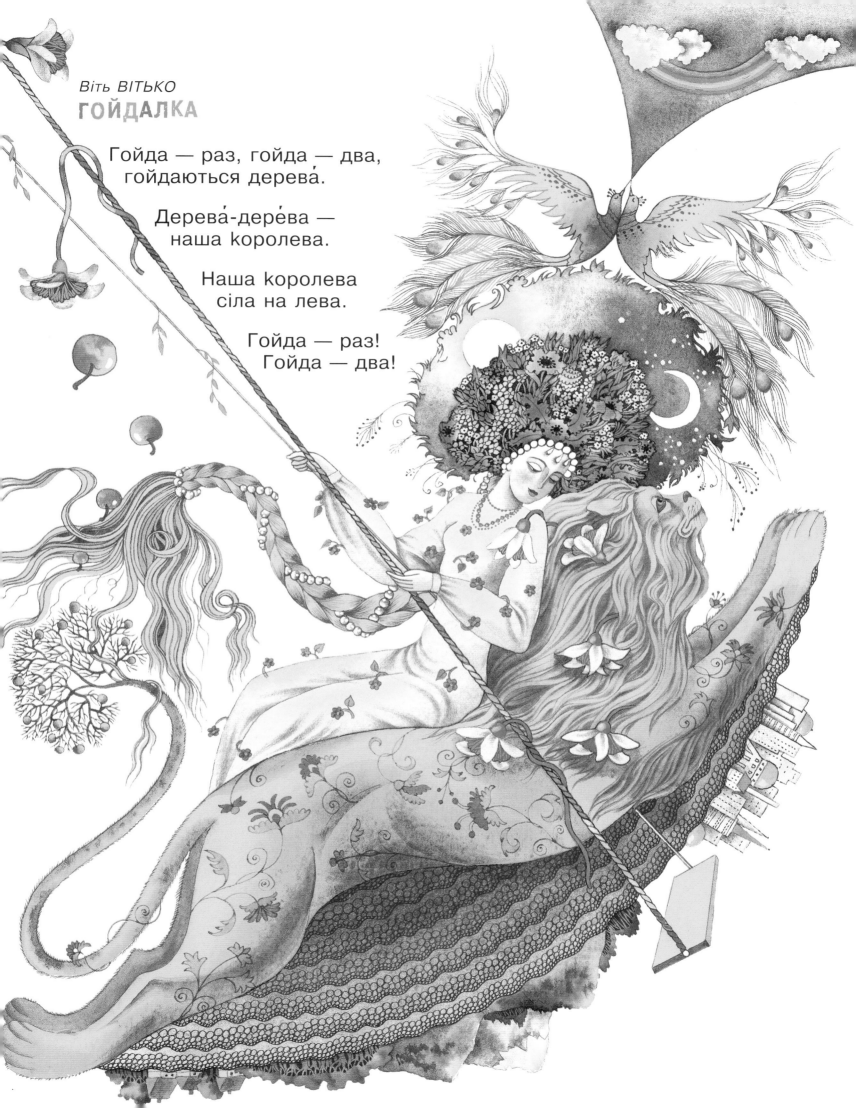

Віть ВІТЬКО
ГОЙДАЛКА

Гойда — раз, гойда — два,
гойдаються дерева́.

Дерева́-дере́ва —
наша королева.

Наша королева
сіла на лева.

Гойда — раз!
Гойда — два!

ГІМПЕЛХЕН І ПІМПЕЛХЕН

З німецької переклав Іван Малкович

Гімпелхен і Пімпелхен
полізли на горбок.
Цей меншенький був гномик,
а той — домовичок.

Сиділи довго на горбку
вони поміж квітками —
туди-сюди, сюди-туди
кивали ковпачками.

На триста сорок восьмий день
набридло їм кивати,
і Гімпелхен та Пімпелхен
в горбочок влізли спати.

Ще й досі там вони, мабуть.
Тихенько! Чуєте? Хропуть:
— Х-х-х, х-х-х, х-х-х...

ПЛАТОН ВОРОНЬКО
ХВОСТИК НІДЕ ДІТИ

Я пошила на святки
нашій киці чобітки.
Шапочку наділа.
Тільки не зуміла
трусики надіти —
хвостик ніде діти!

88

ПЛАТОН ВОРОНЬКО
ДОНЯ ХОЧЕ СПАТИ

У моєї доні
оченята сонні.

Рученьки, мов з вати —
доня хоче спати.

Ніч прийшла тихенька.
Спи, моя гарненька.

ІВАН МАЛКОВИЧ *(За народною пісенькою)*
Пісенька «ІШОВ МИКОЛАЙ»
(Це треба співати, а не розповідати)

Ішов Миколай лужком-бережком,
Святий Миколай із повним мішком.

> Приспів:
> Від хати до хати біленьким сніжком
> ішов Миколай із повним мішком.

Із неба до діток ішов, поспішав,
і їм під подушки даруночки клав.

> Приспів...

Тяжкий і великий у нього мішок,
а в ньому дарунки — для всіх діточок!

> Приспів...

Ішов, усміхався крізь темну пітьму,
а зіроньки з неба світили йому.

> Приспів...

Дитяча колядка «В ГЛИБОКІЙ ДОЛИНІ»

(З цією колядою дітки ходять колядувати на Різдво)

В глибокій долині сталася новина,
Що Пречиста Діва-мати породила Сина. (2 рази)

А як породила — стала й'му співати:
— Люляй, люляй, мій синочку, бо я вже йду спати. (2 рази)

— Мамо ж моя, Мамо, зажди хоч хвилину —
Най я піду з неба взяти золоту перину. (2 рази)

— Ой, Сину ж мій, Сину, та ти ще маленький, —
Три години, як родився ти на світ біленький. (2 рази)

— Мамо ж моя, Мамо, чому ж я маленький? —
Я сотворив небо й землю і ввесь світ біленький! (2 рази)

В гли-бо-кій до-ли - ні ста-ла-ся но- ви - на, що Пре-чис-та Ді-ва-ма - ти

по-ро-ди-ла Си - на, що Пре-чис-та Ді-ва-ма-ти по-ро-ди-ла Си - на.

МИКОЛА ВІНГРАНОВСЬКИЙ
КОЛИСКОВА ДЛЯ ЗАЙЧЕНЯТИ

Приспало просо просеня,
й попроступало просо,
де в ямці спало зайченя
і в сні дивилось косо.

Йому сказало просо: спи,
заплющ косеньке око.
Залізли коники в снопи,
і хмара спить високо.

Заснув у лісі сірий вовк
і лапою укрився.
Твій сірий вовк в воді намок
і спати завовчився.

Заснуло поле і горби,
і на дорозі пустка.
В солодкім сні біля води
росте твоя капустка.

Заплющ косеньке око й ти,
підстав під вухо лапку.
Як будеш спать — будеш рости,
маленьке зайченятко.

ХАТКА, ЯКУ ЗБУДУВАВ СОБІ ДЖЕК

За англійським мотивом переспівали Іван Малкович та Юрій Андрухович

Це хатка,
яку збудував собі Джек.
Це сад і город. А це сонях, як сонце,
який заглядає до Джека в віконце,
до хатки, яку збудував собі Джек.

А це ось комора.
В коморі — пшениця,
яку викрадає хитрюща синиця,
і вже не печеться смачна паляниця
у хатці, яку збудував собі Джек.

Це кіт.
Він сміливо виходить з воріт,
бо дуже він хоче зловити синицю,
яка викрадає з комори пшеницю,
з якої так смачно пекти паляницю
у хатці, яку збудував собі Джек.

А це — подивіться — це пес без хвоста,
який каже «гав!» на сміливця-кота,
який доганяє синицю,
яка викрадає пшеницю,
з якої так смачно пекти паляницю
у хатці, яку збудував собі Джек.

А це в нас корова, ряба і рогата,
яка щойно хвицьнула пса без хвоста,
який каже «гав!» на сміливця-кота,
який доганяє синицю,
яка викрадає пшеницю,
з якої так смачно пекти паляницю
у хатці, яку збудував собі Джек.

А це ось бабуся старенька, горбата,
яку дуже любить корова рогата,
яка щойно хвицьнула пса без хвоста,
який каже «гав!» на сміливця-кота,
який доганяє синицю,
яка викрадає пшеницю,
з якої так смачно пекти паляницю
у хатці, яку збудував собі Джек.

А це що за сплюх?.. Це, звичайно ж, пастух,
якого картає бабуся горбата,
яку дуже любить корова рогата,
яка щойно хвицьнула пса без хвоста,
який каже «гав!» на сміливця-кота,
який доганяє синицю,
яка викрадає пшеницю,
з якої так смачно пекти паляницю
у хатці, яку збудував собі Джек.

А зараз поглянемо всі на блоху,
що робить кусь-кусь пастухові-сплюху,

якого картає бабуся горбата,
яку дуже любить корова рогата,
яка щойно хвицьнула пса без хвоста,
який каже «гав!» на сміливця-кота,
який доганяє синицю,
яка викрадає пшеницю,
щоб діткам спекти О-О-ТАКУ паляницю
у хатці, яку збудував собі
Джек!

ЗМІСТ

— Скажи «зміст». — Зміст... — Потягни кота за хвіст!

Пісенька від
«А-БА-БА-ГА-ЛА-МА-ГИ»

Із мам-це-ю і з тат-ком в крам-нич-ку я зай-шов, і ду-же гар-ну

кни-жеч-ку в крам-нич-ці тій знай-шов. А – БА – БА – ГА -ЛА – МА – ГА пи-

са-лось в кни-зі тій, А – БА -БА-ГА-ЛА – МА – ГУ ку – піть ме-ні мер-щій.

Із мамцею і з татком
в крамничку я зайшов,
і дуже гарну книжечку
в крамничці тій знайшов.

А-БА-БА-ГА-ЛА-МА-ГА
писалось в книзі тій.
А-БА-БА-ГА-ЛА-МА-ГУ
купіть мені мерщій!

Читали тую книжечку
мені по вечорах
і баба-галамага,
і дідо-галамаг.

А-БА-БА-ГА-ЛА-МА-ГА
писалось в книзі тій.
А-БА-БА-ГА-ЛА-МА-ГУ
читайте всі мерщій!

Перша книжка дитячого видавництва А-БА-БА-ГА-ЛА-МА-ГА побачила світ у липні 1992 року.
З того часу видано понад 200 книжок загальним накладом майже 5 мільйони примірників.
Багато видань А-БА-БА-ГА-ЛА-МА-ГИ здобували перемоги на престижних книжкових конкурсах,
а сотні тисяч «малят від 2 до 102» називають «абабагаламазькі» книжки своїми улюбленими.
Книги українського видавництва А-БА-БА-ГА-ЛА-МА-ГА читають діти у двадцяти країнах світу.
Ось назви деяких найпопулярніших видань А-БА-БА-ГА-ЛА-МА-ГИ: «Абетка», «Улюблені вірші», «Гаррі Поттер»,
«100 казок», «Тореадори з Васюківки», «Снігова Королева», «Чарлі і шоколадна фабрика», трилогії «Джури» та «Чудове
Чудовисько», «Ліза та її сни», «Аліса в Країні Див», «Вовченятко, яке запливло в море», «Мед для мами», «Дитяча Євангелія».
Дедалі більшої популярності набувають дорослі видання А-БА-БА-ГА-ЛА-МА-ГИ, а також кольорові *інтерактивні книжки*
для iPad («Снігова Королева») з рухомими героями, акторським озвученням, музикою, саморозмальовками, пазлами та іграми...

www.ababahalamaha.com.ua